AF385247

L'AUTEUR ANONYME,

COMÉDIE,

EN UN ACTE, EN PROSE;

Par le Citoyen J. N. PIQUET.

Représentée, pour la première fois, à Paris,
sur le Théâtre de l'Ambigu-Comique, le 13
Prairial, an IX.

Nimium ne crede colori.
VIRGILE.

A PARIS,

Chez **FAGES**, Libraire, boulevard Saint-
Martin, N°. 26, vis-à-vis le Théâtre des Jeunes
Artistes, et rue Meslé, N°. 25.

An IX. (1801.)

JE saisis cette occasion de rendre justice au talent du citoyen CORSSE, qui a mis dans le rôle de DORIMON tout le *vis-comica* dont ce rôle est susceptible.

Quant aux autres personnages, comme ils ne sont que secondaires, je ne puis que remercier les Artistes qui en ont été chargés, de leur bonne volonté et de l'intelligence avec laquelle ils les ont rendus.

DÉCOR.

Le Théâtre représente un Salon, s'ouvrant au fond par une porte à deux battans. Sur la gauche de l'Acteur, près de l'avant-scène, est la porte d'une chambre communiquant au Salon, et à droite, mais plus dans le fond, est celle d'un cabinet.

Des fauteuils, une table sur laquelle est une sonnette et à l'opposite, une secrétaire ouvert dans lequel on trouve tout ce qu'il faut pour écrire.

L'AUTEUR ANONYME,

COMÉDIE.

SCÈNE PREMIÈRE.

JULIE, LISETTE.

(*Elles arrivent par la porte du fond*).

JULIE.

Quoi, Lisette ! mon père est inflexible ! il refuse de me donner Valère !

LISETTE.

Il n'en veut point entendre parler.

JULIE.

Cependant, il m'avait promis qu'il nous unirait un jour.

LISETTE.

Oui : tant que Valère n'a fait que quelques poésies legères, des vers détachés, il le voyait d'un œil assez favorable ; il songeait même à en faire votre époux, persuadé qu'il s'illustrerait dans la carrière des lettres ; mais depuis qu'il s'est avisé de composer une Comédie , et qu'elle n'a point eu de succès, il a tout-à-fait changé de résolution.

JULIE.

Est-ce la faute de Valère , si une cabale a fait tomber

sa pièce ? Ses ennemis, ses rivaux, s'étaient ligués ensemble ; je l'ai su de bonne part : l'espoir de le traverser dans ses amours les a fait agir ; ils savaient trop, les perfides, qu'une chute aussi cruelle lui ferait perdre l'estime de mon père, et qu'il ne pourrait compter de m'obtenir.

L I S E T T E.

Toutes ces raisons sont excellentes ; mais votre père est outré contre lui, et il suffit que sa pièce ait été sifflée et resifflée, pour qu'il ne veuille plus le revoir.

J U L I E, *au désespoir.*

Ah ! Lisette, quel parti prendre ?

L I S E T T E.

Je ne vois qu'un moyen ; c'est d'oublier Valère.

J U L I E.

L'oublier ! y penses-tu ? J'en mourrais de douleur : Valère est tout pour moi ; élevés ensemble dès la plus tendre enfance, nos cœurs se sont liés d'une douce sympathie qui, avec l'âge, est devenue de l'amour, et il ne nous est plus permis d'y renoncer.

L I S E T T E, *avec impatience.*

Pourquoi avoir l'ambition de faire des Comédies ?— Le voilà bien récompensé !— Encore s'il n'avait eu que cette disgrace à encourir ; mais il perd, dans un seul instant, sa maitresse et sa fortune. — On ne risque point si gros jeu, quand on n'est pas sûr de gagner.

J U L I E.

Eh ! qui peut se flatter de réussir dans un art aussi pénible ? Le Poëte le plus habile, quand il a fait un ouvrage, ne peut répondre du succès : il ne faut qu'un leger nuage, que le plus petit incident pour détourner l'attention ; l'Acteur n'est point à son rôle, ou le Public est mal disposé ; — la moindre chose ; — une belle qui entre dans une loge avec un chapeau à la mode ; – quelqu'un qui se mouche ; un autre qui éternue ; – enfin, mille obstacles qui surviennent au plus bel endroit de la Pièce, en font perdre l'intérêt et la renversent sans retour.

L I S E T T.

Cela est vrai ; mais, malheur à celui sur qui tombe la chance ! Vous ne réformerez pas les mœurs. – Convenez aussi que, s'il est de ces circonstances qui accablent une Pièce, il se trouve toujours des gens éclairés, assez subtils pour en saisir toutes les nuances et rendre justice à l'Auteur quand il a mérité leur suffrage ; – enfin, Valère n'en est pas moins disgracié, et un autre va profiter de son malheur.

J U L I E, alarmée.

Un autre !

L I S E T T E.

Votre père a reçu ce matin une lettre avec le manuscrit d'une Pièce nouvelle, qu'il a vu représenter hier pour la première fois.

J U L I E.

Quel en est l'Auteur ?

L I S E T T E.

Je l'ignore : – c'est tout ce que j'ai pu savoir. – Il faut avouer que votre Valère est d'un gauche, avec sa comédie !...

J U L I E.

On y aurait été pris comme lui : elle paraissait excellente.

L I S E T T E, avec plus d'impatience.

Non. Je ne lui pardonne pas d'avoir commis une pareille imprudence.

J U L I E.

Et cette Pièce nouvelle, a-t-elle réussi ?

L I S E T T E.

Tout au mieux ; – votre père en est enchanté : il n'en
a pas dormi de la nuit. – Une Pièce qui empêche de dor-
mir ! – il faut qu'elle soit bien bonne : – il y en a tant
qui font un effet tout contraire !

J U L I E, *avec douleur, après avoir réfléchi.*

Tu dis que mon père en est amoureux ?

L I S E T T E, *appuyant.*

Il en est fou ; – et je ne serais pas étonnée qu'il vous
fît épouser celui qui l'a faite : car vous savez, mademoiselle, que monsieur votre père a juré que vous ne seriez
jamais qu'à un homme de lettres ; sa manie pour la poésie
est si grande ! – il ne rétractera pas sa parole.

J U L I E, *au désespoir.*

Que vais-je devenir ?

L I S E T T E, *rêvant.*

Le moment est critique.

J U L I E.

Ah ! Lisette, – tu m'as si souvent donné des preuves
de ton zèle ; – il faut le redoubler dans cette occasion.

L I S E T T E, *après un moment de réflexion.*

Reposez-vous sur moi : – Je questionnerai votre père,
et nous agirons suivant les circonstances.

J U L I E, *en la pressant avec amitié.*

Je te laisse mes intérêts et le soin de mon amour.

(*Elle sort par la droite de l'acteur, après avoir engagé*
Lisette à la servir.)

SCENE

SCÈNE II.

LISETTE, *lorsque Julie est tout à fait sortie.*

MA pauvre maitresse ! — qui m'aurait dit que le sort viendrait ainsi traverser son bonheur ? — (*en soupirant.*) Ah ! c'est bien dur d'être obligé de renoncer à ce qu'on aime !

SCÈNE III.

LISETTE, DORIMON.

DORIMON, *arrivant par la porte de la chambre qui est à gauche de l'acteur ; il tient un manuscrit qu'il lit avec transport.*

QUELLE élégance ! — Quel style ! — On ne fit jamais des vers avec autant de facilité. — Il semble qu'Apollon les ait dictés lui-même à l'auteur. — (*appercevant Lisette.*) Ah ! Lisette, tu me vois dans un ravissement ! — dans un délire ! — je suis émerveillé.

LISETTE, *contrefaisant l'étonnée.*

De quoi donc, monsieur ?

DORIMON, *lui montrant le manuscrit.*

De ce chef-d'œuvre de l'art. — Que j'aime celui qui l'a composé ! — il mérite toute mon affection.

LISETTE.

Cela est donc bien beau ?

DORIMON, *avec emphase.*

Sublime, mon enfant : — il n'est pas possible de rien faire qui égale un pareil ouvrage.

LISETTE, *feignant toujours l'étonnement.*

Ah ! ah !

DORIMON, *la prenant par la main.*

Tiens, écoute ; — tu vas en juger toi-même.
(*Il lit avec volupté.*)
» Au bord d'un clair ruisseau qui tombe et qui murmure. «
(*à Lisette, en interrompant sa lecture.*)
C'est le personnage qui parle à son interlocuteur ; il lui
raconte ce qui lui est arrivé.

LISETTE.

J'y suis ; — j'y suis.

DORIMON, *reprenant sa lecture.*

» Au bord d'un clair ruisseau qui tombe et qui murmure,
» Je m'étais endormi sur la molle verdure. «
(*à Lisette, en s'interrompant.*)
Comme c'est doux ! — Comme c'est coulant !

LISETTE, *ayant l'air d'approuver.*

Oui, — c'est fort coulant : — sur-tout, ce ruisseau !...

DORIMON, *lisant.*

» Le rossignol alors, suspendant ses accens,
» Paraissait respecter ces paisibles momens ;
» Soudain des cris affreux ont frappé mon oreille !... «
(*à Lisette.*) Vois-tu l'entithèse ?
(*Il lit.*)
» Je cherche le sujet du bruit qui me réveille ;
» J'avance quelques pas, incertain et tremblant...
» Les cris on redoublé ; — mon cœur est palpitant... «
(*à Lisette, en marquant sur son cœur.*)
Palpitant ! — fait toc, toc.

LISETTE, *l'imitant.*

Toc, toc ; — c'est entendu.

Dorimon, *continuant à lire, avec intérêt et par gradation.*

» J'apperçois une fille à travers le feuillage ;
» Le fard de la pudeur colorait son visage ;
» Elle avait, de l'amour, l'innocence et les traits,
» Quand l'ingrat ne médite encore aucuns forfaits ;
» Je m'approche aussi-tôt. «
    (*à Lisette.*) Je m'approche ! (*en faisant quelques pas.*)
Ne vois-tu pas comme je marche ?

Lisette, *approuvant et marchant à pas de loup.*

Sans doute : — vous marchez, — comme cela.

Dorimon, *reprend sa lecture.*

» Je m'approche aussi-tôt. — La timide bergère,
» Me fait voir un serpent caché sous la fougère,
» Et trainant de son corps les aneaux argentés...
» Je frappe le reptile à coups précipités ;
» Il se dresse, — s'étend, — siffle, — et, dans son audace,
» De son dard allongé me presse et me menace.
» Je l'abbats sans pitié. «
    (*à Lisette.*) Je l'abbats. — (*Il fait le geste expressif.*)
Je le renverse.

Lisette, *approuvant.*

Cela est clair.

Dorimon, *lisant.*

    » L'animal, en fureur,
» Cherche et retrouve encore un reste de vigueur,
» Se redresse, — retombe, — et se roulant de rage,
» Veut en vain ranimer sa force et son courage :
» Son sang coule... il succombe... et, cédant à son sort,
» Près d'un arbre voisin il va subir la mort. »
(*à Lisette.*) Hé bien, Lisette, comment trouves-tu cela ?

Lisette, *approuvant.*

A merveille, monsieur ; à merveille.

D O R I M O N, *dans le délire.*

Il semble que l'on voye ce serpent aller mourir à quelques pas de là...

(*Il peint en relisant.*)

» Son sang coule... il succombe... et, cédant à son sort,
» Près d'un arbre voisin il va subir la mort. «

L I S E T T E, *toujours approuvant.*

C'est charmant, d'honneur.

D O R I M O N, *en s'enthousiasmant davantage.*

Et cet autre passage !

Il lit.

» Il se dresse, — s'étend. «

L I S E T T E, *répétant avec satisfaction.*

Il se dresse, sétend : — ô la belle image !

D O R I M O N, *continuant à lire.*

» Siffle, — et, dans son audace,
» De son dard allongé me presse et me menace. «

L I S E T T E, *toujours avec satisfaction.*

Autant de peintures.

D O R I M O N, *à Lisette.*

Je ne finirais pas si je voulais te détailler toutes les beautés de cet ouvrage.

L I S E T T E.

Je le crois sans péine.

D O R I M O N, *avec mystère et confidence.*

Ce n'est pas tout, Lisette.

L I S E T T E, *contrefaisant l'étonnée.*

Qu'y a-t-il donc encore ?

D O R I M O N, *sur le même ton.*

Devine à qui cet homme incomparable a dédié sa pièce.

L I S E T T E, *ayant l'air de chercher dans sa tête.*

Ma foi, – si vous ne m'aidez pas un peu...

D O R I M O N, *avec une joie maligne et concentrée.*

A moi, ma chère.

L I S E T T E, *au dernier étonnement.*

A vous, monsieur ?

D O R I M O N, *éclatant.*

A moi, te dis-je.

L I S E T T E.

Oh ! comme c'est galant !

D O R I M O N, *avec emphase.*

Oui, mon enfant ; il m'en a fait la dédicace en vers.

L I S E T T E, *émerveillée.*

Une dédicace en vers !

D O R I M O N, *appuyant.*

La dédicace en vers. (*Il tire un papier de sa poche.*)

L I S E T T E, *s'empressant.*

Voyons, – voyons cette dédicace.

DORIMON, *lui montrant le papier qu'il baise avec transport.*

La voilà ; – la voilà.

Il lit plus vite et avec emphase.

» Protecteur des beaux-arts. «

(*à Lisette.*) C'est à moi qu'il s'adresse.

L I S E T T E, *ayant l'air de comprendre.*

Ah ! fort bien.

D O R I M O N, *lisant.*

» Protecteur des beaux-arts, digne émule d'Auguste

» Que le divin Virgile a chanté dans ses vers,

» Dorimon. «

(*à Lisette.*) Tu vois bien que c'est de moi qu'il parle ?

L I S E T T E.

On ne peut pas s'y méprendre, puisque vous êtes monsieur Dorimon.

D O R I M O N , *lisant.*

» Dorimon , dont l'esprit, aussi ferme que juste ,
     » N'a jamais jugé de travers. «
(*à Lisette.*) Quel compliment ! – N'a jamais jugé de travers.
C'est-à-dire , a toujours jugé droit , – avec bon sens.

L I S E T T E.

On ne peut pas l'entendre autrement.

D O R I M O N , *lisant.*

» N'a jamais jugé de travers.
» De mon faible talent daigne agréer l'hommage ;
» Puisses-tu l'honorer d'un regard gracieux !
(*à Lisette.*) Gracieux ! – agréable, flatteur.

L I S E T T E, *approuvant et répétant les mêmes mots que*
Dorimon.

Agréable, flatteur.

D O R I M O N , *lisant.*

» Si tu daignes enfin sourire à mon ouvrage. «
     (*à Lisette, en souriant.*)
Sourire ! – comme c'est doux ! sourire !

L I S E T T E, *mignardant.*

C'est tout miel.

D O R I M O N , *lisant.*

» J'aurai rempli ma tâche et comblé tous mes vœux.
     (*Il répète.*)
» Si tu daignes enfin sourire à mon ouvrage ,
» J'aurai rempli ma tâche et comblé tous mes vœux. «
(*à Lisette, cessant de lire, mais gardant toujours son papier*
à la main.)
Voilà , j'espère , une dédicace.

L I S E T T E, *avec emphase.*

Et une fière !

D O R I M O N.

Voilà ce que l'on peut appeler de la poésie.

L I S E T T E, *appuyant.*

Et de la plus relevée.

D O R I M O N.

Des vers bien tournés.

L I S E T T E, *toujours approuvant.*

On les a fait exprès.

D O R I M O N.

Ce n'est pas là du Valère.

L I S E T T E, *avec une espèce de dédain.*

Ah ! fi donc !

D O R I M O N.

Ce ne sont pas-là de ces méchans vers qui ne pourraient passer, tout au plus, que pour des bouts rimés.

L I S E T T E.

Tout au plus. (*à part.*) Ceci s'entame mal.

D O R I M O N, *appuyant.*

Encore sont-ils détestables.

L I S E T T E, *appuyant davantage.*

Abominables. (*à part.*) Je commence à désespérer.

D O R I M O N, *s'enflamant.*

Qu'il ne se représente jamais devant mes yeux : car je lui ferais sentir toute son impertinence.

L I S E T T E, *ayant l'air d'approuver.*

Et vous ferez fort bien. (*à part.*) Voilà, si je ne me trompe, un congé dans les formes.

DORIMON, *se redressant.*

C'est qu'on ne m'en impose pas, à moi : je me connais
en vers.

LISETTE.

Assurément. (*à part.*) Et ceux de Valère ne lui plaisent
pas.

DORIMON, *fièrement.*

Je ne puis me lasser d'admirer sur-tout cette fin.
(*Il relit avec volupté.*)
» Si tu daignes enfin sourire à mon ouvrage,
» J'aurai rempli ma tâche et comblé tous mes vœux. »
(*S'appercevant qu'il y a encore quelque chose à lire.*)
Et, par post-scriptum. (*Il lit.*) » Ne vous étonnez point
» si je ne mets pas mon nom au bas de ces vers ; » (*à
Lisette, en appuyant.*) Il a très-grand tort : ce n'est que
lorsqu'on en fait de mauvais que l'on doit craindre de se
nommer.   (*Il continue à lire.*)
» Vous le saurez dès aujourd'hui : j'irai vous l'apprendre
» moi-même. » (*à Lisette.*) Qu'il vienne donc bien vite :
je brûle de le connaître. (*Il lit.*) » Jusques là, permettez-
» moi de garder l'anonyme ; qu'il vous suffise de savoir
» que mon unique ambition est de vous plaire. » (*à Lisette,
avec transport.*) Il me plait, Lisette ! — il me plait ! (*continuant à lire.*) » J'aurais bien une autre grace à vous de-
» mander ; mais je crains de porter trop haut mes préten-
» tions. — votre fille !... » (*il s'arrête et à lui-même, avec
une espèce d'étonnement, mêlé de joie.*) Ma fille ! — (*lisant.*)
» Elle est charmante ! » (*à lui-même, avec plus de joie.*)
Elle est charmante !   (*il lit avec avidité.*)
» C'est la rose nouvelle, qui ne fait que d'éclore. «

(*à Lisette.*) On voit bien qu'il est accoutumé à ne parler
qu'en vers. — Qui ne fait que d'éclore. — Comme c'est frais !
(*il lit.*) » Si vous vouliez me l'accorder, je toucherais au
» faîte du bonheur. «

(*à Lisette, avec une joie concentrée, mais qui éclate.*)
Oui, sans doute, il l'aura.

LISETTE, *à part.*

Voilà justement ce que nous craignons.

DORIMON, *continuant à lire.*

» Je soupire après ce moment, et, si vous répondez à
» mes désirs, je serai le plus heureux de tous les hommes.«
(*A Lisette, fièrement.*) Je vais faire avertir mon notaire : si-tôt que ce grand poëte sera arrivé, nous passe-
rons le contrat, et demain ma fille et lui seront unis.

LISETTE, *avec la plus grande surprise.*

Demain !

DORIMON, *appuyant.*

Demain, Lisette ; demain. — On ne saurait trop se hâter
d'avoir un homme aussi précieux dans sa famille.

LISETTE.

Mais vous n'y pensez pas, monsieur ? Croyez-vous que
mademoiselle Julie va consentir à épouser, comme cela
tout de suite, un homme qu'elle ne connait pas ?

DORIMON, *se redressant.*

Il faudra bien qu'elle y consente : — si elle faisait la
moindre résistance , je lui ferais sentir toute l'autorité
qu'un père a sur ses enfans ; mais je ne crains point un
pareil refus de sa part, et je suis sûr d'avance que je la
trouverai soumise en tout à mes volontés.

LISETTE, *à part.*

J'en doute un peu.

DORIMON.

La voici. — Je vais la disposer à cet hymen.

LISETTE, *à part.*

Nous avons bien la mine d'épouser la dédicace.

C

SCÈNE IV.

LISETTE, DORIMON, JULIE.

DORIMON, *à Julie, qui arrive par où elle était sortie.*

APPROCHEZ, ma fille, et connaissez tout le bonheur qui vous attend. (*Julie parait étonnée.*) Je vous ai toujours dit que vous épouseriez un homme de lettres, un homme à haute réputation.

JULIE.

Hé bien?

DORIMON, *continuant sur le même ton.*

Il est tout trouvé, et je vais vous le donner en mariage.

JULIE, *plus étonnée.*

A moi! mon père?

DORIMON, *appuyant.*

A vous-même.

JULIE.

Et quel est cet homme de lettres? – cet homme à haute réputation?

DORIMON.

L'auteur de la comédie nouvelle, de L'EVÉNEMENT INATTENDU; – cette pièce charmante! – délicieuse! – c'est un phénix, vous dis-je, et je ne pouvais mieux choisir.

(*Lisette fait signe à Julie, par derrière Dorimon, de ne pas consentir.*)

JULIE.

Mon père, dans toutes les circonstances où il a fallu vous prouver mon attachement et ma soumission, je n'ai pas hésité; mais permettez-moi de vous représenter qu'avant de former un tel nœud, il faut y réfléchir sérieusement; laissez-moi donc étudier les mœurs et le caractère de celui que vous me proposez, et, si ses sentimens sont conformes aux miens, je vous obéirai sans doute; mais...

D O R I M O N, *l'interrompant d'un ton ferme.*

Non, ma fille; je ne veux point de délai: votre prétendu viendra ici ce soir, et demain il sera votre époux; (*avec plus de fermeté.*) Entendez-vous? demain il sera votre époux. (*Il lui lance un coup-d'œil sévère qui la fait rentrer en elle-même; en suite, en s'en allant.*) Il faut être bien dépourvu de bon sens pour refuser un homme qui!... (*Lisant, en s'en allant, son manuscrit avec enthousiasme.*)
» Il se dresse, – s'étend, – siffle, – et, dans son audace,
» De son dard allongé me presse et me menace. «
(*il sort occupé de sa lecture.*)

S C È N E V.

J U L I E , L I S E T T E.

J*ulie*, *répétant avec douleur les derniers mots de son père.*

D*emain* il sera votre époux. – Hé bien, Lisette, ç'en est donc fait: – je vais perdre Valère pour toujours.

L I S E T T E.

Cela n'est pas encore décidé.

J U L I E.

Que veux-tu dire ? – explique toi.

L I S E T T E, *rêvant.*

On peut trouver des moyens d'empêcher ce mariage.

J U L I E, *vivement.*

Serait-il vrai ?

L I S E T T E, *rêvant toujours.*

Oui; – oui.

JULIE.

Comment ?

LISETTE.

Il suffit. — (*Montrant le secrétaire.*) Mettez-vous là, et écrivez à Valère.

JULIE, *avec douleur.*

Eh ! que lui dirai-je ?

LISETTE.

Je vais dicter. (*Julie s'assied au secrétaire et écrit sous la dictée de Lisette.*) » Venez sur le champ : on a quelque » chose d'important à vous communiquer.« *à Julie.* Signez.— Ajoutez au bas : *dictant.* » Sur-tout ne manquez pas de vous » rendre ici au reçu de la présente. » *à Julie.* Fermez ,— et mettez l'adresse. (*Pendant que Julie met l'adresse, Lisette prend la sonette qui est sur la table et sonne — à un laquais qui vient.*) Portez vite cette lettre ; ce n'est qu'à deux pas.

(*Le laquais regarde l'adresse et sort.*)

JULIE, *se levant.*

Puis-je savoir, à présent, quel doit être le résultat d'un tel billet ?

LISETTE.

Cela me regarde. — Vous connaitrez mon secret quand il en sera tems.

JULIE, *étonnée, la regarde et a l'air de l'engager à lui dire ce qu'elle a projeté.*

Mais...

LISETTE, *la renvoyant.*

Laissez - moi seule : j'ai besoin de toute ma tête pour réussir à tromper votre père.

JULIE, *revenant et ayant l'air de la supplier.*

Ah ! si, par ton secours, je parviens à éviter le mal- heur qui me menace...

L I S E T T E, *la renvoyant encore.*

Je l'espère.

J U L I E, *revenant.*

Sois sûre de toute ma reconnaissance.

L I S E T T E, *avec impatience.*

Je n'en ai pas besoin ; sortez.

J U L I E.

Au moins, dis-moi si je puis compter ?...

L I S E T T.

Encore ! – Que de paroles ! – nous n'avons pas un instant à perdre. (*Elle la renvoye.*)

J U L I E, *en s'en allant.*

Que tu ès cruelle !

(*Elle sort par la porte du fond.*)

S C È N E V I.

L I S E T T E, *seule.*

Que les amoureux sont insipides ! – C'est à présent qu'il faut faire jouer les ressorts de notre imagination. – Ah ! monsieur Dorimon, vous nous tendez un pareil piège ! – vous saisissez un moment où nous ne nous doutons de rien pour nous porter le coup le plus sensible, et vous voulez nous marier dès demain ! – cela est un peu prompt ; – mais, mon cher monsieur, vous n'avez pas réfléchi que, moi et ma maitresse, nous n'avons point encore consenti tout-à-fait à ce mariage , et que vouloir lutter contre deux femmes à la fois, c'est s'exposer à ne pas réussir. – A la bonne heure ; je conviens que celui que vous voulez nous faire épouser est un grand génie ; – mais, en amour, celui qui plait a toujours assez d'esprit.

SCÈNE VII.

LISETTE, VALÈRE.

Valère, *arrivant précipitamment par la gauche de l'acteur, va droit à Lisette ; il tient à sa main le billet qu'il a reçu.*

AH ! ma chère Lisette , – j'accours sur votre billet. – Qu'avez-vous de si intéressant à me communiquer ?

LISETTE.

Oh ! la moindre chose ; – moins que rien : – c'est votre maitresse qui va se marier.

VALÈRE, *dans le plus grand étonnement.*

O ciel ! – Est-il possible ?

LISETTE, *sur le même ton.*

On passe ce soir le contrat, et, demain, vous pourrez chercher fortune ailleurs.

VALÈRE.

Cesse ton cruel badinage. – Quoi ! Julie peut former un tel hymen ! – Et elle ne pense pas au désespoir dont elle va m'accabler !

LISETTE.

Elle n'est pas moins affectée que vous ; mais son père la contraint, et elle sera forcée d'obéir.

VALÈRE, *après un moment d'accablement, d'un ton décidé.*

Quel est mon rival ?

LISETTE.

Nous ne le connaissons pas encore ; nous savons seulement qu'il est l'auteur d'une comédie nouvelle qui a été jouée hier pour la première fois.

VALÈRE, *vivement.*

L'auteur d'une comédie nouvelle, dis-tu ?

LISETTE.

Hé, sans-doute.

VALÈRE, *appuyant.*

De l'Evénement inattendu ?

LISETTE.

Justement, c'est-là le titre ; mais il parait qu'il connaît bien, lui, monsieur Dorimon, et sur-tout son faible pour la littérature : car il lui a dédié sa pièce ce matin, en gardant toutefois l'anonyme. — Cela a produit tout l'effet qu'il devait en attendre et, lorsqu'il paraitra, il est bien sûr de recevoir un acceuil favorable.

VALÈRE.

Et c'est ce même auteur qui doit épouser Julie?

LISETTE.

Lui-même : — Le notaire est mandé et l'on terminera tout de suite.

VALÈRE, *ayant l'air de réfléchir.*

Il faut empêcher que cet hymen s'achève.

LISETTE, *avec un espèce de mystère.*

C'est de quoi je m'occupe, et voici mon plan. Notre prétendu ne doit se rendre ici que ce soir ; — il faut que vous preniez l'avance et que vous vous présentiez au père de votre Julie comme si vous étiez vous-même cet auteur si desiré.

VALÈRE, *badinant Lisette, sans qu'elle s'en apperçoive.*

Y songes-tu, Lisette ? — Après la chute de ma pièce, il ne voudra jamais croire que j'aie pu faire celle-ci.

LISETTE, *donnant dans son sens.*

Il est vrai que cela serait assez difficile à croire. (*En le regardant.*) Vous n'êtes guères en état de faire une bonne comédie.

V A L E R E, toujours la badinant.

C'est ton avis, Lisette ?

L I S E T T E.

Et celui de tout le monde ; mais il n'importe : il faut, dis-je, persuader à monsieur Dorimon que la pièce nouvelle est de vous.

V A L È R E.

Et si le véritable auteur se présente ! – conçois-tu dans quel embarras tu vas me jetter ?

L I S E T T E.

Ne craignez rien : – le véritable auteur ne se présentera pas. (*avec mystère.*) J'aurai soin de le consigner à la porte, et vous aurez tout le tems de terminer cette affaire avant qu'on soit éclairci.

V A L È R E, la fixant.

Lisette est adroite en intrigues !

L I S E T T E.

Pour vous servir il n'est rien que je n'entreprenne.

V A L È R E.

Je t'en ai toute l'obligation que je dois t'en avoir. – (*Ayant l'air de réfléchir, mais toujours la badinant.*) Mais, me targuer d'une gloire qui ne m'appartient pas ! – je t'avoue que cela répugne à ma délicatesse.

L I S E T T E.

Voilà bien du scrupule ! – Allez, allez, monsieur ; vous ne serez pas le premier qui aura fait passer pour être de lui l'ouvrage d'un autre : – il faut, dans l'occasion, se parer des plumes du paon.

V A L È R E.

Mais !...

L I S E T T E, *impatientée.*

Mais, mais, mais ! — Vous mériteriez bien que l'on vous abandonnât à votre malheureux sort !

V A L È R E.

Ne te fâche pas, Lisette : je consens à jouer le personnage que tu me proposes.

L I S E T T E.

C'est bienheureux !

V A L È R E.

Je te préviens, cependant, que, si le succès ne répond pas à ton attente, tu ne devras t'en prendre qu'à toi-même.

L I S E T T E.

Soit : — je me charge de tout.

V A L È R E, *ayant encore l'air de réfléchir.*

Il n'y a qu'une chose qui m'embarrasse....

L I S E T T E.

Laquelle ?

V A L È R E.

C'est qu'en me présentant au père de Julie, je crains de n'avoir pas tout-à-fait l'air d'un auteur triomphant.

L I S E T T E.

De l'effronterie, et vous réussirez.

V A L È R E, *toujours badinant.*

Tu crois donc que mon air pourra aider à la méprise ?

L I S E T T E.

Oui ; oui.

V A L È R E, *sur le même ton.*

Que je puis sans crainte me dire l'auteur de la Pièce nouvelle ?

LISETTE.

Certainement. – J'entends du bruit ; entrez vite dans ce cabinet. (*Elle indique le cabinet à droite de l'acteur.*)

VALÈRE, *étonné.*

Pourquoi faire dans ce cabinet ?

LISETTE, *le poussant.*

Entrez-y, vous dis-je : – on a bien de la peine à vous faire entendre raison.

(*Elle le fait entrer subitement dans le cabinet, et pousse sur lui la porte qu'il rouvre au bout de quelques instans , lorsque Dorimon et Julie sont sur l'avant-scène.*)

SCÈNE VIII.

LISETTE, DORIMON, JULIE; *ensuite* VALÈRE *qui sort doucement du cabinet, et se tient dans le fond du théâtre sans être apperçu.*

DORIMON, *à Julie ; ils arrivent par la porte du fond.*

Tout ce que vous me direz, ma fille, est inutile : mon parti est pris ; vous épouserez celui que je vous destine.

JULIE, *à mi-voix.*

Je ne pourrai jamais m'y résoudre.

DORIMON, *d'un ton sevère.*

Vous osez vous opposer à mes intentions !

JULIE, *à genoux.*

Mon père, vous me voyez à vos genoux. Vous m'avez tant de fois donné des preuves de votre tendresse ! – Pourriez-vous me la refuser aujourd'hui ? – Ne soyez point inhumain , et ne me contraignez pas à un hymen qui ferait le malheur de ma vie.

DORIMON.

O ciel ! que dites-vous ?

JULIE, *toujours à genoux.*

Valère a reçu mes sermens, et je ne deviendrai point parjure.

DORIMON.

Ah ! nous y voilà. — C'est votre Valère qui vous tourne la tête. (*avec colère.*) Ne m'en parlez jamais.

JULIE, *suppliante.*

Mon père !...

DORIMON, *plus irrité.*

Non.

LISETTE, *suppliante aussi.*

Monsieur !

DORIMON, *appuyant et criant.*

Non, non, non.

JULIE, *éplorée, en se relevant.*

Qu'avez-vous à lui reprocher ?

DORIMON, *toujours en colère.*

C'est un mauvais auteur, — qui ne fait que des vers plats et pitoyables : — sa comédie a été sifflée depuis le commencement jusqu'à la fin.

JULIE.

Vous l'aviez trouvée bonne lorsqu'il vous en fit la lecture ?

DORIMON, *comme par ressouvenir.*

Il est vrai ; j'avais remarqué certains passages, — quelques traits, — qui m'avaient paru assez ingénieux : — mais cela n'y fait rien : il faut bien qu'elle soit mauvaise, puisqu'elle est tombée tout à plat.

JULIE.

Quelle conséquence ! – N'avons-nous pas vu les meilleurs ouvrages subir le même sort ? Il ne faut qu'une cabale malignement excitée....

DORIMON, *avec humeur.*

Une 'cabale !.. une cabale ! – Vous prenez en vain la défense de Valère : – personne, que l'auteur de la Pièce nouvelle, n'aura votre main : je l'ai résolu, et je n'en départirai pas.

JULIE, *à part, à Lisette.*

Je suis perdue.

LISETTE, *à part, à Julie.*

Un moment. (*passant auprès de Dorimon.*) Et si je vous disais, moi, monsieur, que celui que vous dédaignez est précisément l'auteur de la pièce nouvelle ?

DORIMON, *étonné.*

Valère ?

LISETTE, *appuyant.*

Valère, lui-même.

JULIE, *à part, à Lisette.*

Que dis-tu ?

LISETTE, *à part, à Julie.*

Paix : c'est une ruse.

DORIMON, *à part, remarquant leur embarras.*

Elle s'entend avec Julie, pour me tromper ; je vois leur dessein. (*haut, à Lisette.*) Tu plaisantes, Lisette.

LISETTE, *appuyant.*

Je ne plaisante point.

JULIE, *à part, à Lisette.*

Mais si ?...

LISETTE, *à part, à Julie.*

Ne craignez rien.

DORIMON, *les observant.*

Elles sont d'accord ; cela est clair.

LISETTE, *haut, à Dorimon.*

Ainsi, vous ne pouvez plus lui refuser votre consente-
ment.

DORIMON, *à Lisette, en la badinant.*

Cela n'est pas concevable, mon enfant : Valère ne peut
être l'auteur....

SCÈNE IX ET DERNIÈRE.

LES PRÉCÉDENS, VALÈRE.

VALERE, *qui s'est tenu dans le fond pendant la scène*
précédente, parait tout à coup devant Dorimon.

IL l'est cependant, monsieur, et Lisette vous a dit la
vérité.

DORIMON, *étonné de le voir.*

Ah ! ah ! – vous ici ! – par quel hasard ?... (*à lui-même.*)
Tout cela est arrangé exprès...

VALERE.

Pardon ; mais, je ne puis vous laisser plus long-tems
dans l'erreur. – Oui ; je suis l'auteur de la comédie inti-
tulée : L'ÉVÉNEMENT INATTENDU.

(*Dorimon le fixe.*)

LISETTE, *à part, à Julie.*

A merveille. De la manière dont il parle, on dirait
vraiment que c'est lui qui l'a faite.

(*Dorimon regarde Julie et Lisette, et semble les deviner.*)

V A L E R E, *continuant sur le même ton.*

Et, si ma pièce a pu vous plaire, j'ai réparé mes torts et je suis trop heureux.

L I S E T T E, *de même, à part, à Julie.*

Comme un ange, en vérité.

D O R I M O N, *fixe encore Valère ; ensuite , il regarde Lisette et Julie. A part, à lui-même, d'un air content de les avoir devinés.*

Si je voulais les croire ! (*à Valère, d'un ton goguenard.*) — On pourrait ajouter foi à vos beaux discours ; mais , — vous me permettrez d'en douter, jusqu'à ce que vous m'ayez donné des preuves de ce que vous avancez.

L I S E T T E, *à part.*

Aye, aye, aye. Voilà qui dérange nos projets !

D O R I M O N, *à part, en se félicitant de voir Valère confus.*

Il est pris.

V A L È R E, *après un moment, d'un air embarassé.*

Des preuves ? — vous voulez des preuves ?

D O R I M O N, *le contrefaisant.*

Oui, je veux des preuves, — et d'évidentes , — sans quoi, je prends tout ce que vous m'avez dit pour une fausseté.

L I S E T T E, *à part, à elle-même.*

Il n'y aura pas moyen de nous tirer de là.

D O R I M O N, *observant Valère, qui a toujours l'air confus.*

Le voilà déconcerté !

L I S E T T E, *à part.*

Si je ne détourne pas la conversation, nous allons être dépistés sans retour. (*à Dorimon.*) Mais, monsieur, lorsqu'on vous dit que...

(31)

D o r i m o n, *la prenant par le bras, et la renvoyant
de l'autre côté.*

Lisette, mêle-toi de tes affaires. — Et vous, monsieur,
apprenez que j'y vois clair, et que l'on ne m'abuse pas
impunément.

V a l è r e, *persifflant.*

Je m'apperçois, monsieur, que vous avez le coup-d'œil
fin, et qu'il n'est pas aisé de vous surprendre.

D o r i m o n, *se félicitant.*

Non, sans doute.

V a l è r e, *sur le même ton.*

Ce que c'est que la pénétration !

D o r i m o n, *voulant le persiffler.*

Qu'en dites-vous ? — vous ne vous attendiez pas à cela,
n'est-il pas vrai ?

V a l é r e, *d'un ton désespéré.*

Cela est cruel pour moi ! (*reprenant son ton de persifflage,
et en saluant Dorimon.*) Mais, — je n'en suis pas moins
l'auteur de la pièce nouvelle.

D o r i m o n, *dépisté à son tour.*

Encore ! (*prenant un ton sévère.*) Savez-vous bien, monsieur, que je finirai par me fâcher tout de bon ?

V a l è r e.

Vous vous fâcherez si vous le jugez à propos ; — mais
vous ne pourrez empêcher ce qui existe.

D o r i m o n, *en colère.*

Monsieur ! — monsieur !

J u l i e, *à part, à Lisette.*

Je tremble.

DORIMON.

C'est pousser un peu trop loin la plaisanterie, je vous
en avertis.

VALERE, *gaiment.*

Je ne plaisante pas.

DORIMON.

Sortez d'ici, monsieur, et n'y remettez jamais les pieds.

VALERE.

Je sors ; mais j'espère que, dans peu, vous me rendrez
plus de justice.　　　(*Il va pour sortir.*)

DORIMON, *l'arrêtant subitement.*

Hé bien ! – puisque vous êtes si sûr de vous, pourquoi
ne pas produire les preuves que je vous ai demandées ?

VALERE.

Certainement, monsieur, il me serait facile de vous
les produire.

DORIMON, *le persifflant.*

De me les produire ? – Je ne crois pas cela.

VALERE, *sur le même ton.*

Et moi, – je le crois.

DORIMON, *cherchant à l'étudier dans les yeux.*
D'honneur ?

VALERE, *toujours gaiment.*

D'honneur.

DORIMON, *toujours l'étudiant.*

Il serait singulier, enfin, que...

VALERE, *sur le même ton.*

Pas si singulier, et, puisque vous n'en croyez pas les
gens sur leur parole !...

(33)

D O R I M O N.

Oh! non, non, – je ne suis pas si simple!

V A L E R E,

Qu'il faut absolument vous convaincre ?...

D O R I M O N.

Absolument.

V A L È R E, *cherchant son porte-feuille.*

On peut vous satisfaire.

DORIMON, *étonné, l'observe et suit tous ses mouvemens.*

Hein! – Quoi ? – plaît-il ? – Comment ?..

J U L I E, *à part, à Lisette.*

Que veut-il dire ?

L I S E T T E, *à part, à Julie.*

Je m'y perds.

V A L È R E, *tirant de son porte-feuille un papier qu'il
présente à Dorimon.*

Tenez, monsieur ; voilà l'original des vers dont je vous
ai envoyé ce matin la copie.

J U L I E, *à part, à Lisette.*

Est-il possible ?

L I S E T T E, *à part, à elle-même, avec le plus grand
étonnement.*

En voici bien d'une autre !

D O R I M O N, *le fixant avant de lire en tenant le papier.*

Comment diable ! il me ferait presque croire... (*Il dé-
ploye vite le papier.*)

V A L È R E, *appuyant.*

Lisez ; – lisez, je vous prie.

(*Julie et Lisette restent dans une attention indécise.*)

E

D O R I M O N, *lit rapidement et s'écrie.*

C'est lui! je tombe des nues... (*Il rit avec éclat.*) Ah! ah! ah!

J U L I E, *se trouvant mal de plaisir.*

Lisette! – ah!

L I S E T T E, *à part, à elle-même.*

Si j'y comprends rien!...

D O R I M O N, *occupé à lire la dédicace avec satisfaction.*

Oui, oui; – ce sont bien-là les vers que j'ai reçus ce matin; on ne peut s'y méprendre.   (*Il lit.*)
» Dorimon, dont l'esprit, aussi ferme que juste,
      » N'a jamais jugé de travers. «
(*Il rit aux éclats.*)   Ah! ah! ah!

V A L È R E, *lui présentant un manuscrit qu'il tire de sa poche.*

Et voici le double de ma pièce que j'ai jointe à ces vers.

D O R I M O N, *parcourant rapidement le manuscrit avec avidité.*

(*En lisant.*) » Il se dresse! – s'étend! «– (*cessant de lire.*) C'est bien lui; – il n'y a plus moyen d'en douter. (*Il se jette au cou de Valère avec transport.*) Embrassez - moi; embrassez-moi. (*Il l'embrasse à plusieurs reprises.*) Ma foi, mon cher ami, vous êtes un homme divin. – Votre pièce est charmante; – (*en lui prenant la main, d'amitié.*) je n'aurais pas cru qu'elle fût de vous.

L I S E T T E, *à part, à elle-même.*

Ma foi, ni moi non plus.

J U L I E, *à part.*

Le compliment est honnête.

D O R I M O N, *relisant.*

(*à lui-même.*) C'est cela; – c'est cela même. (*Regar-*

dant Valère.) Vous méritez ma fille , et (*prenant la main de Julie et la mettant dans celle de Valère.*) je vous la donne.

VALÈRE.

Vous comblez tous mes vœux.

DORIMON.

(*Il rit en relisant.*) Ah! ah! ah! qui se serait jamais douté ?... (*Il rit.*) Ah! ah! ah! (*à Valère.*) Mais, pourquoi m'avoir caché ?...

VALÈRE.

Vous me pardonnerez ce petit stratagême : j'avais été trop maltraité lors de ma première pièce, pour ne pas prendre toutes mes précautions. Mes ennemis ont ignoré que celle-ci était de moi, et m'ont servi sans le vouloir.

DORIMON.

Ma foi! le détour est charmant.

VALÈRE.

Dès aujourd'hui, mon nom ne sera plus un mystère, puisque j'obtiens l'objet de mes désirs.

DORIMON *rit toujours en parcourant le manuscrit.*

Ah! ah! ah!

LISETTE, *passant auprès de Dorimont en le fixant.*

Hé bien! monsieur ; je ne savais ce que je disais : — Valère n'était pas l'auteur de la pièce nouvelle ? — non : il ne l'était pas ? — M'en croirez-vous une autre fois ?

DORIMON, *riant.*

Oui, oui, Lisette. — Mais, comme je me suis trompé, moi! (*en montrant Valère.*) Je croyais qu'il ne pouvait pas faire de bons vers.

LISETTE.

Avouez que vous avez été bien injuste à son égard.

DORIMON.

J'en conviens ; j'en conviens.

LISETTE.

Que ceci vous serve de leçon, et, lorsque vous voudrez
vous mêler de juger, souvenez-vous de l'Auteur anonyme.

DORIMON, *riant.*

Je m'en souviendrai, je t'assure.

VAUDEVILLE.

Air : *Du Vaudeville de la Clef forée.*

LISETTE.

L'Anonyme a beaucoup d'appas :
Il sait couvrir une sottise.
L'anonyme, dans certains cas,
A causé plus d'une méprise.
Par lui, la curiosité
S'excite, se pique, s'anime ;
On peut dire la vérité
Sous le voile de l'anonyme.

CHŒUR.

On peut dire la vérité
Sous le voile de l'anonyme.

DORIMON.

Si l'Anonyme a quelqu'attraits,
S'il fait naître le badinage,
Que l'on doit aussi de ses traits
Redouter le perfide usage !
De ce moyen, trop emprunté,
Combien n'est-on pas la victime !
On vous déchire, en liberté,
Sous le voile de l'anonyme.

CHŒUR.

On vous déchire, en liberté,
Sous le voile de l'anonyme.

JULIE.

Quand une fille aime une fois,
Et qu'à ses vœux l'on est contraire,
On lutte en vain contre son choix :
Rien ne peut jamais l'en distraire.
Telle qu'on traite avec rigueur
Voudrait, au moment qu'on l'opprime,
Comme moi, trouver le bonheur
Sous le voile de l'anonyme.

CHŒUR.

Comme elle, trouver le bonheur
Sous le voile de l'anonyme.

VALÈRE.

Ce n'est pas tout d'être amoureux ;
Il faut aussi savoir se taire,
Et se cacher à tous les yeux :
L'amour est enfant du mystère.
Plus d'un amant fut indiscret,
A qui l'on en a fait un crime,
Qui serait heureux, en secret,
Sous le voile de l'anonyme.

CHŒUR.

Qui serait heureux, en secret,
Sous le voile de l'anonyme.

LISETTE, au Public.

Si, pour charmer votre loisir,
L'Auteur a choisi l'anonyme,
Vous contenter est son désir,

Et son excuse est légitime.
En vous il a mis son espoir ;
Heureux, dans l'ardeur qui l'anime,
S'il a pu vous plaire ce soir
Sous le voile de l'Anonyme !

C H Œ U R.

En vous il a mis son espoir ;
Heureux, dans l'ardeur qui l'anime,
S'il a pu vous plaire ce soir
Sous le voile de l'Anonyme.

F I N.

De l'Impr. de MB. DEVERGNE, fauxb. S. Martin, N°. 31.